転倒予防川柳

2011−15

五七五
転ばぬ先の
知恵ことば

論創社

「転倒予防川柳」とは

江戸中期の前句付け点者として人気を博した柄井《からい》川柳の名にちなんだ川柳とは、五・七・五の十七文字に、季語や切れ字の制約なく、自由に表現し得る日本が誇る短詩型文学です。

これは花鳥風月や自然描写、男女間の機微などを表現するものではなく、世相や風俗、人情などを鋭くとらえ、風刺、機知、ユーモアの要素やセンスを巧みに取り入れてまとめ上げ、その句を読み、聞いた人が、思わず「ニヤリ」「ニッコリ」としたり、笑い声を生む句が優れているとされています。

転倒予防川柳は、日本転倒予防学会（２０１４年４月発足）の前身である転倒予防医学研究会の時代の平成23（２０１１）年から毎年公募を開始したものです。毎年、秋の「転倒予防の日」の10月10日（テントウにちなんで）近くに開催される日本転倒予防学会学術集会（研究会時代は、研究集会）までに、審査・選考し、「転倒予防川柳」の大賞と佳作を発表し、表彰しています。

日本転倒予防学会は、当初より、学術研究の推進と共に、転倒予防のために社会啓発活動を重視しています。転倒予防川柳は、日常生活の中で、いかに転倒を予防するかという工夫や注意、具体的配慮を普及・教育するための重要かつ面白い手段ととらえています。たとえば、「この土手に 登るべからず 警視庁」のような、きわめて真面目な教育的なかけ声や標語ではなく、一人ひとりが個人で実践していることや地域や周囲の人々に勧めている転倒予防法を、ウィットとユーモアを交えて十七文字に表現してもらうことで、覚えやすく伝えやすい効果があることを期待しています。

すでに長い実績と数多くの傑作を生み出してきた「サラリーマン川柳」や「シルバー川柳」のように、皆に愛されて読まれ、覚えられるばかりでなく、転倒予防川柳によって一人ひとりの意識が変わり、行動が変わることによって転倒を予防する。骨折や頭のケガなどを防ぎ、できるだけ寝たきり、要介護の人をなくしていくことに結びつくように、さらに知恵とウィットを集めて、毎年、転倒予防川柳の会心作が世に出ることを強く希望しています。

武藤　芳照

転倒予防川柳
目次

転倒予防川柳 2015

大賞

滑り止め
つけておきたい
口と足

東京都　佐川　晶子

【評】

滑って転んで骨折したり、頭を打って大ケガをする事例は、屋内でも屋外でも起きます。滑って転倒しやすいのは主に、

1. 床面や路面などが、元々滑りやすい場合
2. 床面・路面が水（雨水などを含む）や油で、濡れていて滑りやすい場合
3. 冬季に道路が氷雪で覆われている場合の三つに分けることができます。

いずれの場合も、床面・路面などの滑りやすさを減らしたり、なくすために、滑り止めを付けたり、床面・路面自体の滑りやすさを改善する工事（防滑改修工事）をしたり、靴などの履き物の底に滑り止めを付けることで、転倒事故を予防することができます。浴室や公衆浴場、フィットネスクラブの水泳プール周辺な

ど元々水で濡れていて滑りやすいことが前提の施設では、一層の注意が求められます。なお、階段や歩道橋の段鼻に付けられた滑り止めが劣化していて、逆に滑りやすくなっていたために、転倒・転落事故を招くことがあるので、定期的な点検と対処が必要です。

また、屋外から屋内に不特定多数の客が入る駅のコンコース、ホテルやデパート、スーパーマーケット、コンビニエンス・ストア、ドラッグストアなどの床面に、客が使っている傘の先端からしたたり落ちる雨水が広がり、そこに他の客が足を乗せて滑って転倒する事例は少なくありません。そうした施設での雨が降った時の迅速な滑り止めマットの設置や濡れた箇所の点検と臨機応変の清掃処置が求められます。

一方、「口が滑る」とか「口は禍《わざわい》のもと」と言います。つい、言ってはいけないことをうっかり言ってし

まう。うっかり言った言葉が思いがけない禍を招くことがあるので、不用意にものを言うべきではないという意味です。「口から高野」とも言います。口が禍のもととなって、頭を丸めて高野山へ入らなければならない事態を生むようなことさえ起きるという戒めなのです。

家庭、学校、職場、地域、訪問先などでつい口を滑らせて、一瞬にして人生の転倒・転落を起こさないために、口にも滑り止めを。

佳作

壁ドンの　つもりつまずき　床にドン

東京都　よしぼう

【評】

昔、若い頃には、その道では随分と知られた存在で数多くの部下に囲まれ、昼も夜も、皆から「〇〇のド

2015【佳作】

ン」と敬われ、大事にされていた関西出身の60代のTさん。今はもうそうした面影はなく「ドンくさい！」と仲間から冷やかされています。

それでも、ロマンスグレーの髪で、ほどほどに体型も維持していて、見かけはさほどすてたものじゃない。若い頃は結構女性にモテた記憶は刻まれています。

あるパーティの会場で、素敵な装いの40代と覚しきスマートな女性と語り合っている内に、だんだん気分も華やぎ「外のバーで一杯いかが？」と壁ドンしようと気取ってみた途端、床の敷物につまずきバランスを失い、転んでしまった。かろうじて左手に持ったグラスは落とすことはなく、右手を床に突いて、最悪の事態は回避できた。

情けないやら恥ずかしいやら、やっぱり「ドンくさい！」と認めざるを得ませんでした。

佳作

転んでも　只では起きず　一句読み

千葉県　松田　まさる

【評】

高齢でも現役医師として活躍していた日野原重明さん。１０２歳の時、部屋の中でイスから立ち上がり、歩き始めたところで、前方に転び、コートかけに額をぶつけて動脈出血の大ケガをしたことがありました。暫くした後、そのエピソードを朝日新聞の自身のコラムで詳しく面白く記事にされていました。

作詞家の阿木燿子さん。69歳の時に、エステティッ

2015【佳作】

クサロンに行こうと、何でもない普通の道路を歩いていて、前方に転倒して顔を打ち付けて大ケガ。慌ててそのサロンに駆け込みました。その後、その転倒のエピソードを、作詞家らしく実に流麗な表現で、日本経済新聞のご自身のコラムで記事にしていました。
お二人とも、転んだことをしっかり受け止めて、なおかつ、それを冷静に分析してコラム記事の形で描写して仕事の糧にすると共に、社会啓発に資するという、誠に見事な対応でした。
「転ぶ」という出来事は、予期せず突然自分の身に置きます。さらにケガでもすると、もうからだの痛みと心の痛み、恥ずかしさと情けなさで、客観的にそのことをとらえることは難しいものです。それでも「一句読む」ほどの心の余裕があれば、次に転ぶリスクは小さいことでしょう。

佳作

消えていく　足の感覚　妻の愛

埼玉県　拝生　眞佑

【評】

年を重ねれば、誰しも失っていくもの消えていくものが増えてくるものです。肌のハリとツヤ、髪の毛の数と黒さ、身長、体力・運動能力、記憶力、視力、聴力、丈夫な歯の数、骨の密度と強さ、軟骨の厚さなど、全身の様々な構造と機能が次第に変化し、数、大きさ、重さ、力などが失われ消えていくものです。そうした

現象を総合したものが、人間の老化なのでしょう。
転倒との関連では、足の感覚、とりわけ足の裏の感覚はとても大切です。床面の材質、高さ、摩擦係数などの変化を敏感に察知して、その情報を中枢神経に伝え、より適切なからだの動きに結びつけられれば、転倒を防ぐことができるのです。
「転倒予防教室」などで「足の裏の感性を磨こう」と言って、足指じゃんけんなどいろいろな運動を取り入れているのは、そうした理屈なのです。
「足の感覚」と同様に、年と共に「妻の愛」も消えていく。長い夫婦生活の年月、人情の機微を熟知した、多くの人生経験を積み重ねた作者ゆえの巧みな表現であると考えていました。しかし、後にこの句が15歳の女子の作品であることを知り、ビックリして転倒しそうになりました。

☆準佳作

よろけてる　いいえお前に　酔っただけ

宮城県　千田　康治

昔酒　今は加齢で　千鳥足

愛知県　中山　善富

見落とさない　孫の笑顔と　小さな段差

福岡県　新竹　裕文

おっとっと　転ぶふりして　美女の肩

千葉県　渡会　克男

スーパーの　カートいつしか　補助車

長野県　桂川　雅信

階段で　足上がらずに　お手上げに

大阪府　前田　紀子

☆準佳作

つまづいて　段差があったと　言い張って

大分県　小西　勝

家じゅうに　手すり吊り革　電車なみ

大阪府　和田　裕次

雪が降り　外ですべらず　家でこけ

岐阜県　中村　辰史

人生に　今度は段差に　つまづいて

京都府　林　正史

顎打った　口は出るのに　手は出せず

埼玉県　古川　奈美

9度目は　起こしてやると　嫁が言う

佐賀県　原口　朝光

☆準佳作

怖くなる　怪談よりも　階段が

奈良県　小林　和幸

愛猫よ　足元チョロチョロ　しちゃダメよ

滋賀県　奥村　友加吏

すぐ転ぶ　付いたあだ名が　てんとう虫

東京都　赤羽　慶正

段差にも　ダイエットにも　つまづいて
大阪府　林　洋子

段差より　高くついたな　医療費が
愛知県　山本　そのい

サプリ飲み　手すり付けても　踏みはずし
新潟県　涌井　悦子

☆**準佳作**

お父さん　ダメよダメダメダメ　杖持って

大阪府　筒井　伸一

ドラえもん「どこでも手すり」も　出しとくれ

埼玉県　海野　兼夫

バリアフリ　慣れてる我家　よそいけず

茨城県　鈴木　敏子

つまずいて　ホップステップ　ごまかした

熊本県　瀬成田　晶子

転倒は　人生なのか　足なのか

福井県　辻川　定男

演技かな？　バリアフリーで　転ぶ妻

福岡県　寺岡　久

☆準佳作

スポーツカー　やめて今日から　シルバーカー

大阪府　安田　裕

尻もちと　嘆息つくより　杖をつけ

静岡県　安藤　英房

リフォームで　段差も残し　逆予防

群馬県　丸山　裕

転倒し　手を払われる　夫婦仲

新潟県　寺瀬　四郎

手を繋ぎ　共に転んで　分かち合い

宮城県　吉田　愛

カラフルな　杖でオシャレの　華が咲く

福岡県　成田　のり子

☆準佳作

大岩を　さけて小石に　ついコロリ

静岡県　安藤　英房

店頭で　転倒したら　ドア開いた

埼玉県　岸本　真三市

杖になる　言ったあなたの　杖となる

東京都　梶浦　公靖

心配で　踏みしめた足　逆につる

兵庫県　赤木　輝雄

つまづいて　妻に壁ドン　頬染める

東京都　長峯　雄平

段三つ　壇蜜みとれて　踏み外す

福岡県　榎木園　冨未

☆準佳作

つまづいた　はずみの壁ドン！　馴れ初めに

兵庫県　阿江　美穂

転倒で　通りすがりの　情を知り

千葉県　松田　まさる

つま先が　上がらず地球　蹴飛ばした

神奈川県　印出　哲久

転ぶのは　妖怪ではなく　年のせい

東京都　太田　不二彦

めでたくも　ないけどつくの　尻餅を

神奈川県　冨樫　正義

後ろ見て　前見て横見て　つまずいて

千葉県　斉藤　まち子

☆準佳作

お出かけは　入れ歯に杖に　老眼鏡

大阪府　日野　江美

胸キュンの　あなたに見とれ　足とられ

徳島県　長谷　英子

よいこらしょ　ことばのつえで　どっこいしょ

大阪府　松本　章

つまづいて　身より心が　傷ついて

神奈川県　横溝　彩子

掃除ロボ　越える段差に　つまづいて

千葉県　梶　政幸

冬道は　大奥まねて　しずしずと

北海道　登口　悦子

☆準佳作

ヨロメキは　ハートじゃなくて　ボディーです

神奈川県　西村　嘉浩

父のための　手すりが今は　自分用

神奈川県　生悦住　正志

つま先と　妻にあたまが　あがらない

福島県　鈴木　恵

杖勧め　早いと怒る　母米寿

高知県　寺石　八重子

風邪・転倒　甘く見ないで　命取り

三重県　山岡　裕喜

人前は　杖つきやめて　転びかけ

北海道　稲荷　正明

☆準佳作

ながら携帯　ころんでケガして　ケガさせて

東京都　浦山　香織

すべり止め　ギャグにも貼ればと　妻が言い

兵庫県　木村　和敏

2センチに　蹟きセンチ　メンタルに

大分県　坂本　洋一

昨今は　ステッキ談義の　クラス会

静岡県　菅澤　正美

バリアフリー　工事完璧　庭でコケ

群馬県　奈良　博吉

転がって　自信過剰　思い知る

埼玉県　村山　勝彦

☆**準佳作**

転ぶたび　杖へ文句を　つける祖母

東京都　本田　しおん

コツコツと　昔はヒール　今は杖

神奈川県　加藤　かつ子

転びそう　イケメン探し　寄りかかる

滋賀県　久田　恵美子

コケた妻　抱き起そうと　共倒れ

東京都　井村　悠里子

つまづいた　妖怪でたと　孫にいい

群馬県　峯岸　佐千子

こけてみて　知った意気地と　バネの無さ

鳥取県　畑中　真理子

コラム

てんとうよぼう

せんりゅう

大雪に弱い都心の人々
——歩くコツ分からず転倒

晴れ着にブーツ姿の新成人が、連れだって雪降る街を歩いていた。1月の第2月曜日、14日の「成人の日」は関東ではにわかに大雪となり、交通機関が乱れて都市のもろさを露呈してしまった。

かつては小正月、女正月と呼ばれる15日が成人の日だった。小豆がゆを食べ「どんど焼き」や「なまはげ」など、無病息災を願う伝統行事と重なっていたが、2000年から、この日は不動の日ではなくなった。

都内でIT関連会社を営む50代のKさん。祝日明けとなった15日の朝、横浜の自宅から最寄り駅まで歩いていた。道路に積もった雪の表面が凍っていて、それを見つつ進んでいたが、ここは大丈夫と踏み込んだところ滑って転倒し、思わず左手をついた。「ビシッ！」という音がして手首に痛みを感じたが、そのまま会社で仕事を終えた。

だが、やはり気になって、夜になって自宅近くの整形外科医を訪れた。X線検査で「ヒビが入っている。間違いなく骨折」と診断され、容赦なく今風のギブスで固定されてしまった。幸い右利きで、暮らし

や仕事は何とかこなせるのがせめてもの救いだった。

北海道や東北、北陸地方のように、氷雪に包まれた生活に慣れている人々は、子どものころから滑りやすい道路を転ばないでうまく歩くコツを自然に身に付けている。しかし、日ごろ氷や雪に縁のない地域の人々は、慣れない雪道をおっかなびっくり歩くしかない。コツがわからずに思わず滑って転び、ケガにつながってしまう。

成人の日は「やはり無病息災を願う日と同じほうがいいな」と嘆くKさんだった。

※ここから始まる一連のコラムは、共同通信スポーツ特信部配信の武藤芳照の連載コラム「スポーツと健康」の内容を基盤にしています。

コラム　てんとうよぼう　せんりゅう

高齢者の元気度
——生活習慣が大きく左右

今や超高齢者社会（高齢者の人口比21％以上）となった我が国。

65は老後（ローゴ）だから高齢者と呼ぶというジョークや、65から74歳をヤング・オールド、75から84歳をオールド・オールド、85歳以上をスーパー・オールドと分類する呼び方もある。

全国各地の一人ひとりの高齢者の元気度は、誠に多様で、それぞれの生活環境と運動習慣に大きく左右されるものだ。

関東のT町に暮らす88歳のE子さん。腰は曲がっているが、杖は必要とせず、いつも元気に庭やご近所を歩いている。

自宅は、昔ながらの典型的な日本家屋で、特に「縁側」がある。そのため玄関から居住空間に上がるには、毎回その「縁側」という段差を昇り降りする。当然、前足を床に乗せ、踏ん張った後、後足を軽く蹴って昇る。降りる時には、バランスを保ちつつ前足を地に着けて安定させた後、後足を降ろして前に揃える。

その家に嫁いで以来、この昇降動作を毎日何回となく行い、続けて70年余り。と笑うE子さん。

神棚の水を取り換えるのも日課の一つだ。イスの上に乗って、つま先立ちをして、神棚に手を伸ばして器を下げ、新しい水を入れた後、再びイスの上でつま先立ちをして器を置く。この間、ふくらはぎの腓腹筋やひらめ筋をしっかり働かせ、かつ高所でバランスを取り続けている。その姿を見て、体育大学に通う女子大生の孫のTさんは気づいた。神様へのお水サービスも、実は「カーフレイズ」という筋力トレーニングになっていると。

「縁側」と神棚のおかげで、元気に歩くことができ、四季折々の風景を楽しんでいるE子さん。スーパー・オールドぶりは、まだまだ続く。

川柳

転倒予防

2014

大賞

つまづいた
むかしは恋で
いま段差

長崎県　福島　洋子

【評】

長い人生の中では、様々な場面や物でつまずくことがあります。青春時代の恋の体験もそのひとつかもしれません。「恋は盲目」と言われ、恋は理性や常識を失わせてしまうことがあり、結果、人生につまずく状況が生まれます。また、想い人との恋が成就しなくて静かに去るのみという、つまずきもあるでしょう。そうしたほろ苦い昔の体験も、長い歳月が過ぎてみると、懐かしい思い出に変わっているものです。

年齢を重ね、いつしか高齢者、老年「おじいちゃん」「おばあちゃん」と呼ばれ、年金に関わる通知文書がしばしば届く年代になると、建物・道路の段差でつまずき、転倒し、打ぼく、骨折や頭のケガをきたすことがあります。60代より70代、70代より80代、80代より90代と、段差につまずくリスクは、それこそ段階的に増大してきます。

一般に、つまずいて転倒してケガをする事例は、

1. 段差等の障害物がある場合、

2. 段差等の障害物はないが、床面・路面の材質、高さ、斜度などが急に変化する場合とがあります。

さらに、1. 2.それぞれ、

A. 段差等の障害物や床面・路面の変化をまったく認識していない場合、

B. 認識してはいたが、予測以上の段差等の障害物や物理的変化があり、急な変化に、からだがとっさに適切に対応できない場合があります。

家の中では、部屋と部屋の境目や敷居の段差、床に置いてある荷物や箱。屋外では、石やデコボコの多い庭、横断歩道の白いペンキの隆起（雨の日には滑って転倒する原因となる）、排水溝の上蓋のデッパリ等。

屋内外の路面・床面の高さの違いを生み出す様々な段差は、つまずきと転倒の原因となるのです。
本句は、青春期と老年期のつまずきを巧みに組合わせ、かつウィットに富んだところに深い味わいがあります。

佳作

母の日に　息子が杖を　そっと出し

東京都　和智　貞子

【評】

どんなに偉そうにしている男性でも、我まま放題の男性でも、若い頃、さんざんにやんちゃしていた男性でも、その息子を生み育ててくれた母が居ます。

5月の第2日曜日は、「母の日」。20世紀初めよりアメリカで始まり、日本にも広がり、その日に感謝の印にカーネーションなどのプレゼントを贈るのは、美しく大切な心遣いでしょう。

2014【佳作】

幼い頃の母の姿は、朝早くから夜遅くまで、家族のために懸命に、でも決して必死の形相ではなく、しなやかに働いていました。

年月が過ぎ、息子が成人し、結婚し孫を育てるようになる頃から、母の姿と行動が次第に変化し、老いの様子が濃くなっていきます。

脚が弱り、歩く、またぐ、昇って降りる一つひとつの動作が、必ずしも安定してできなくなります。あんなに元気に町内を駆け回り、自転車を使いこなしていた母が……などとも思いますが、「歳々年々人同じからず」と改めて知るものです。

「転ばぬ先の杖」。正面切って杖を直接母に渡せば、「老い」を証明する儀式のようになってしまうので、「そっと」出すところに、息子の母への気遣いとやさしさが感じられます。

佳作

携帯の　ながらでこけて　怪我メール

北海道　鎌田　誠

【評】

最近の高齢者の認知症の検査方法の一つに「二重課題テスト」があります。ある距離を歩きながら与えられた暗算を同時に行うなど、頭もからだも一緒にうまく使えるかを評価し、脳機能の状態を確認しようというものです。

かつて全国の小学校には、農政家として活躍した二

宮金次郎（尊徳）の銅像が設置されていました。背に薪をかついで本を読んでいる姿は、二重課題の原点かもしれません。

さらに昔、女性初の天皇となった推古天皇の摂政として多くの歴史的実績を残した聖徳太子は、一度に10人もの人が話しかけたのを、すべて聞き分けて理解して、それぞれの人に的確に答えを返したと言われるほど、賢明であったとされています。二重課題以上の課題を苦もなくこなしていたわけです。

ところが、一般の現代人はそうはいきません。ながらスマホで気をとられている内に、脚をとられ、つまずく、すべる、落ちる結果となり、転倒・転落・墜落し、骨折などの大ケガをする事故を招くものです。その時、怪我メールをしてスマホが役立っても、後の祭りなのです。

佳作

鴨居みて　敷居忘れて　転（こ）けかけて

徳島県　北内　康文

【評】

剣道の打ち合い場面で、面を打つと見せかけて、小手や胴を打つ。卓球のラリーで、右側に打球を返すと見せかけて左側に打つ。バレーボールの試合で後方に強いアタックを打つと見せかけて、ネット際にゆるくボールを落とす。水球の試合で、左に居る選手にボールをパスすると見せかけて、すぐ右に居る選手にパスするなど。

様々なスポーツの場面では、フェイントの動作により相手を牽制し、惑わせて他の攻撃を仕掛ける作戦を取ることがしばしばあります。

それは、人間には、一方に注意を向けていると、他方への注意がおろそかになるという特性があるためです。動物では、人間よりも五感の鋭敏さがあるために、そうした傾向は小さいのでしょう。

高齢者の転倒・転落事故は、屋内、とりわけ自宅で発生する例が大半です。家の中を移動する時に、上方にある鴨居があれば、それを見て頭を打たないように注意して首をすくめるなどします。他方、下にある部屋と部屋の境目の敷居のわずかな段差を忘れて、つまずいて転ぶことがあるものです。

「て」「て」「て」「て」と、韻を踏んでリズム感を持たせている点も優れた句です。

佳作

孫なつき　足がふらつき　つえをつき

東京都　飯田　輝貴

【評】

この句も「つき」で韻を踏んで、リズム感と面白味を出しています。「来て嬉し　帰って嬉し　孫の顔」の句の通り、おじいちゃん、おばあちゃんにとって、孫は実の子どもとは違って、時々会って可愛いがれば良く、日々面倒見て育てなければならない親としての

義務がない分、気が楽なのです。

孫がなついてくれるのは嬉しいのですが「疲れを知らない子ども」たちと一緒に行動をして世話をし、ケガさせないように気を付けているのは結構大変です。実の親たちと違って、こちらは年老いていますから、当然体力も気力も続かないのです。

その結果、次第に疲れてきて、持久力も筋力も敏捷さも衰え、ついバランスを崩して足がふらつくことになります。孫と遊んでいておじいちゃん・おばあちゃんが転んでケガするばかりでなく、孫と手をつないでいたために、孫もろともにケガをするようなことになっては大変！

背中がかゆい時には「孫の手」を使いますが、孫がなついてきて、一緒に行動し、遊ぶ時には、早めにつえをついて転倒予防を考えましょう。

☆準佳作

衰えを　小さな段差に　教えられ

埼玉県　齋藤　升八

いつまでも　有ると思うな　バネとカネ

愛知県　八木　和枝

増税で　弱る足腰　引きこもり

千葉県　渡会　克男

つま先が　上がらず妻先　日に増して

神奈川県　川村　均

体型も　転がりやすく　なった冬

神奈川県　林　秀樹

引いて出て　引かれて戻る　子供の手

兵庫県　足立　有希

☆**準佳作**

還暦の　父より転ぶ　メタボ孫

神奈川県　林　秀樹

身の回り　転ばぬ先の　お片づけ

奈良県　村上　三佐子

気をつけて　テントウムシと　オレオレに

大阪府　安藤　成都子

よろめきを　ささえて一緒に　見る夕陽

千葉県　佐々木　紀子

バリアフリー　したはいいけど　余所で転け

埼玉県　佐々木　美知子

あなどるな　低い段差と　慣れた道

広島県　藤井　きょう子

☆**準佳作**

年金を　貰ってこける　３㎝

北海道　鎌田　誠

すべらない　話術と靴が　老いの友

広島県　藤井　きょう子

杖になる　誓った亭主が　手を求め

佐賀県　原口　和代

転ばずに　共に白髪の　生えるまで

山梨県　古屋　牧男

階段は　手すりすりすり　上り下り

福岡県　原　和義

手つなごう　山あり谷あり　段差あり

岩手県　林本　五月

☆準佳作

よろめいた　振りして握る　あなたの手

東京都　川口　小夜子

気を付けて　言った矢先に　転ぶ母

青森県　松木　あき子

転倒を　防ぐ日暮れに　点灯す

熊本県　貝田　ひでお

すべらぬよう　受験の孫と　絵馬祈願
埼玉県　勝木　征紀

手を握る　昔は好きで　今支え
兵庫県　佐藤　友紀

散歩する　犬に引かれて　転ぶ父
神奈川県　林　秀樹

☆**準佳作**

骨折は　骨だけでなく　心折る

兵庫県　岸川　文子

リハビリで　つま先上がらず　息上がる

香川県　玉井　一郎

躓いて　しきりに杖を　撫でる老

埼玉県　大久保　富士徳

骨よりも　話の腰が　よく折れる

東京都　礒田　憲治

敬老会　玄関先に　杖の山

愛知県　久保　良勝

おっとっと　口でバランス　取りました

東京都　住野　寿一

☆**準佳作**

よく滑る　妻の話と　オレの足

埼玉県　市川　長次

スマホより　足元注意　段差あり

東京都　堀田　正篤

尻餅も　愛嬌あった　若い頃

岐阜県　阿部　庄吾

すべらない　風呂場階段　おやじギャグ

東京都　黒瀬　安芸乃

眠剤が　朝まで残り　千鳥足

大分県　川野　誠

転ぶたび　杖へ文句を　言うわたし

東京都　本田　隆道

☆準佳作

あげあしは　いけないけれど　足上げて

大阪府　後藤田　郁子

つまずきは　罪な貴方を　知ったとき

大阪府　廣田　喜代美

暗い部屋　点灯せずに　転倒し

東京都　飯田　輝貴

すべり止め　昔は受験　今は足

愛知県　小原　久美子

杖出せば「いらん！」と払い　よろめいた

福岡県　惠良　正巳

湯舟には　脚より先に　まず手すり

東京都　塩谷　章

☆準佳作

壇蜜と　段差に祖父は　目を凝らし

福島県　宇野　邦久

つまづきは　平らな場所も　ある不思議

北海道　西谷　勲

急ぐ用　ないんだ親父　次の青

福岡県　恵良　正巳

断捨離で　部屋かたづいて　躓かぬ

大阪府　草道　久幸

その昔　貴方に転んだ　だけでいい

埼玉県　松川　幸江

老いるほど　広がる頭と　足の時差

埼玉県　横須賀　俊江

☆準佳作

イケメンを　狙いよろめく　バスの中

埼玉県　横須賀　俊江

バリアフリー　進め過ぎては　足ヨワリー

山口県　大上　信幸

気づいたら　地面のあとに　星見えた

東京都　後藤　剛

2014【準佳作】

コラム　てんとうよぼう　せんりゅう

母さん助けて体操

──詐欺・転倒　同時に予防

「オレオレ詐欺」とか「振り込め詐欺」と呼ばれていた犯罪が、一般公募により「母さん助けて詐欺」と呼称されるようになった。その公表が5月の第2日曜日の母の日だったこともあり、世の中の年老いたお母さんは、より注意するようになっただろうか。

これだけ社会キャンペーンが繰り広げられているにも関わらず、この種の詐欺の被害にあう高齢者が減らないのは、驚くばかりだ。

考えてみると高齢者が銀行に出向いて、犯罪者からの電話での指示に従って所定額を振り込むという作業は、結構難しい課題だ。

自宅から歩いて銀行に行き、建物に入り、ATM（現金自動預入支払機）の前に立ち、サイフから銀行カードを出して、パネルにタッチして、正確に暗証番号や口座番号等を入力して、現金を入れ込む。気が動転している状態で、突然指示された身体活動と頭脳作業ということになる。

私が代表を務める転倒予防医学研究会主催の広島県東広島市で行われた「転倒予防指導者養成講座」。地元の県立安芸津病院（濵中喜

晴院長）らの全面協力により、全国から集まった参加者に熱心に受講していただいた。恒例の課題プログラム・転倒予防体操で、傑作が生まれた。水前寺清子さんの「３６５歩のマーチ」の歌に合わせて「母さんお助け隊」のグループによる「〇〇銀行体操（ＡＴＭ編）」だ。

保健、医療、介護、福祉等の専門職の参加者にまじって、地元の男性銀行員が参加したことによる、ユニークかつ面白いストーリー性のある振り付けだ。高齢のお母さんが「母さん助けて詐欺」に合いそうになるまでの動きを、語り付きで表現して、詐欺予防を図りつつ、転倒予防に結びつけようという体操で、当日のコンテストで優勝とあいなった。

「高齢者の転倒予防・詐欺予防体操」として、広く普及・啓発しようと思う。

コラム

てんとうよぼう せんりゅう

元気もジャンボ
―スイカも高齢者の元気もジャンボ

ラグビーボール形のジャンボスイカやチューリップ球根で名高い富山県入善町に、合併60周年記念事業で開催された「元気わくわく介護予防研修会」の講師として、10年ぶりに訪れた。

町の元気人4名のお話とビデオメッセージを伺う機会もあり、秋晴れの北陸路は、爽やかで温かで充実した一日となった。

百寿の松田ミヨシさんは、当日朝、美容室で髪を整え、和服に身を包み、背筋を伸ばして草履を軽やかに履きこなして、見事な立居振舞いだった。90歳まで近隣の反物の行商をし、今でも畑作業や草むしりなどに精を出しつつ、週一回、かつてのゲートボール仲間と花札を楽しんでいるという。「人が好き、話すことが好き、からだを動かすことが好き」と笑顔を絶やさず「有難や、有難や」とまわりの人々への感謝の気持ちを抱き続ける素敵なスーパー・オールドだ。

80歳の東瀬與次さんは、地元の介護予防を推進するボランティア「生涯現役めざし隊」の最年長の中心人物として、数多くの講座で講師を務めている。「息をしている限り、常に勉強」をモットーに、

自ら様々な介護予防情報を収集して教材を作り、脳梗塞後のからだの不自由さを乗り越えて、精力的にいきいきと活動している笑顔が魅力的な元気人だ。

本多一行さん（74歳）は、60歳代としか見えないほど若々しい姿とハリのある声で、熱弁を奮い、地域の高齢者活動を牽引する機関車ぶりを伝えてくれた。

ビデオ映像で登場の大田ひろさん（101歳）は、町内の小中学校で34年間の教師を務めた経験を活かして、生きる幸せや平和について、良く通る大きな声やユーモアのセンスを散りばめた講演活動を長年行い、「呑気、元気、根気」の「三気」の大切さを伝え続けている。

今回の企画の連絡調整役の四月朔日《わたぬき》亜沙子さんをはじめ、町の保健師さんたちのチームワークの良さと明るさ、やさしさ、たくましさを栄養源にして、入善町の高齢者の元気もジャンボだった。

転倒予防川柳 2013

大賞

あがらない
年金こづかい
つま先が

静岡県　石川　芳裕

【評】

政府は声高に「賃金をあげる」「社会保障制度はしっかり守る」と強調しますが、一般庶民が受け取る賃金や年金が上がることはなく、代わりに物価や消費税が上がり、一人ひとりの生活レベルは下がり、益々きり詰めた生活を余儀なくされ、当然ながらこづかいも減らされていくことでしょう。

「株式の運用で年金を増やす」と言っていたものが、資産運用がマイナスとなり、将来高齢者が受け取る年金も下がるリスクが高まってきているようです。

一般に「歩くことは、片脚立ちの連続技」ととらえることができます。歩行動作の中で、片脚立ちの時間と両脚立ちの時間を計測すると、元気な成人の場合、「4対1」とされています。これが、年齢を重ねれば重ねるほど、片脚立ちの時間が減り、両脚立ちの時間が増え、いわゆる「スリ足チョコチョコ歩き」となります。つまり、両足の幅を広く取り、つま先が上がらず、一足ごとに足底全体で着地する特有の歩行となります。

それは、片脚立ちが衰えたために生まれる歩行動作であり、そのつま先の上がらない状態を見れば、「転びやすい人」であることがわかるものです。

したがって、このようなスリ足チョコチョコ歩きが持続するようになった場合、脚力とバランス能力を高めるために、安全で合理的な転倒予防体操を続けることと、必要に応じて早めに杖を使うことです。

杖は弱った脚、痛む脚の反対側に突くのが正しい使い方です。したがって、右脚がより弱っているのであれば左側に、左脚がより弱っているのであれば、右側に杖を突きます。

まさしく、「転ばぬ先の杖」（Prevention is better than cure：予防に勝る治療はない）なのです。

佳作

転ばずに　笑い転げて　老いの坂

神奈川県　福島　敏朗

【評】

世界保健機関（WHO）の2016年度の「世界保健統計」によれば、男女合わせた日本の平均寿命は、83・7歳です。データが得られた国の中で首位を20年

以上保ち続け、日本は、「世界一の長寿国」を誇っています。アフリカ諸国には、平均寿命が50歳代の国（シエラレオネ50・1歳、アンゴラ52・4歳）もあります。超高齢社会の日本の一人ひとりが、健康で明るく元気に過ごせるのは、とても有難く幸せなことです。

そのためにも、転倒して脚の骨折や頭の大ケガをして寝たきり・要介護状態に陥ったり命を失くすことのないよう、転倒予防のための工夫と注意を日々続けることが大切です。

一方、昔から「笑う門には福来たる」「笑いは健康の秘訣」と言われるように、笑う、笑い顔、笑顔はからだも心も元気にして、免疫力を高め、結果転倒予防にも結びつくのです。

誰しも行く道の「老いの坂」を笑い転げるのならば、「転ぶ」のも悪くないかもしれません。

佳作

頬を染め　よろめくからと　手をつなぎ

東京都　三田村　美枝子

【評】

「お手てつないで野道を行けば……」と、幼い頃唄った歌の歌詞にあるように、子どもの頃にはお友達同士、しばしば手をつないでいました。家では、パパ、ママ

と手をつなぐことが、親にとっても子どもにとっても嬉しくまた、安心できる動作でした。
中学生・高校生の時期、体育の授業や運動会の折「オクラホマ ミキサー」などの曲に合わせて男女でフォーク・ダンスを踊った時、堂々と異性と手をつなぐことができました。とりわけ、好きな相手と手をつなぐことができた時の嬉しさと思春期らしい胸の高鳴り、あるいはもう少しでその相手に接することができる瞬間に曲が終わってしまった時の残念な気持ちは、いくつになっても忘れないものです。
高齢になった夫妻。お互いに脚下がおぼつかなくなり、つまずく、よろめくことが目立つようになった時、お互いにちょっと気恥ずかしい思いを秘めつつ、頬を染めて手をつなぐ。それが転倒予防に結びつくならば、素敵ですね。

☆準佳作

物忘れ　転んでひらめく　コロンブス

千葉県　渡会　克男

足・お世辞　上げたつもりで　見事コケ

埼玉県　星野　のぶこ

ならないで　転倒虫の　惨婆に

愛知県　井深　靖久

善人は　他人の足元　見て生きる

栃木県　星野　典比古

店頭で　転倒しないで　おじいちゃん

長野県　土屋　由紀

またしても　赤提灯に　蹴躓く

埼玉県　鈴木　良二

☆準佳作

骨太に　生きても低い　骨密度

千葉県　梶　政幸

祖父母より　パソコン世代　よく転ぶ

東京都　小野　史

ばぁばコケ　それに重なり　じぃじコケ

埼玉県　筒井　利一

杖の父　素敵（ステッキ）と言われ　ずっこけた

山口県　志水　慶一

転んだら　只でもいいから　起きなさい

神奈川県　森田　悦生

オレ男　死んでも握る　杖イロケ

岩手県　長澤　智子

☆準佳作

おばさんが　転倒しても　そっと逃げ

兵庫県　横山　閲治郎

見積りに　バリアフリーが　先ず転び

千葉県　梶　政幸

転ぶなら　転んで春を　つかみたい

奈良県　渡辺　勇三

３ミリの　段差がわかる　俺の足

広島県　亀井　千代蔵

七転び　八起出来ずに　また転び

東京都　札場　靖人

転倒で　人生そのもの　転倒す

神奈川県　上田　文一

☆**準佳作**

世界旅　転ばず行けた　ガイド本

滋賀県　石尾　節子

古希で知る　二足歩行の　難しさ

神奈川県　西村　嘉浩

おやっさん　歩きスマホか　そりゃコケる

神奈川県　水嶋　加代子

つく杖に　足が絡んで　転倒し

埼玉県　筒井　利一

足元を　注意してたら　頭打ち

岡山県　古城　英男

じいちゃんが　案山子に聞いた　こけぬ技

兵庫県　村上　定

☆**準佳作**

減薬は　転倒予防の　いい薬

栃木県　小林　薫

ころぶより　よろこぶ方が　ずっといい

徳島県　今田　紗江

なぜコケる　老いの自覚が　追いつかず

新潟県　荒井　千代子

老いらくの　恋コケそうで　手をつなぐ

栃木県　瀬尾　恵子

用心で　塀すり寄って　怪しまれ

埼玉県　岸　保宏

つまづいて　お前のせいと　妻つつき

広島県　山本　崇

☆**準佳作**

足と顔　上げて明日へと　生きていく

静岡県　浅原　幸子

家中の　段差に髑髏　マーク貼り

東京都　大塚　偵三

高齢者　転倒予防で　幸齢者

栃木県　小林　薫

つまづきは　老い度をはかる　バロメーター

新潟県　荒井　千代子

定年後　出不精亭主　コケまくる

福岡県　恵良　正巳

焦らずに　歩く段差も　人生も

神奈川県　石塚　秀夫

☆**準佳作**

大丈夫　みなそう言って　転けている

兵庫県　岸野　孝彦

まだ四十　捻挫し杖の　凄さ知る

静岡県　伊東　秀記

階段で　あなた私の　杖になる

埼玉県　梅村　仁

2013【準佳作】

コラム

てんとうよぼう
せんりゅう

美しいふくらはぎ

―健康的な歩き方の基盤

去る10月の秋晴れの北陸路、公益財団法人身体教育医学研究所（長野県東御市）の岡田真平所長、私の秘書の金子えり子さんらと共に富山県入善町の研修会の講義と実技指導の講師として訪れた折のことだ。盛況の内に会を終え、会場を出たところで、参加者の一人、後藤博子さんのいわゆる「出待ち」の突撃インタビューに遭遇した。

私や岡田所長ではなく、当日種々運営補助や記録作りのために会場を動き回っていた金子さんに、スタイルやしぐさへのほめ言葉に重ねて「ふくらはぎが美しく素晴らしい」との賛辞をいただいた。

聞けば、彼女は体育大学の出身で、今も地元の健康運動の指導者として活動しているとのことで、体力、脚力の源はふくらはぎにあり、そこを見れば、その人の元気さや健康度、日ごろの暮らしぶりがわかるとの説だった。誠に面白く、かつ理にかなったお話しに一同納得したものだった。

ふくらはぎは、「脹ら脛」と表記に示されるように、脛《すね》の後方のふくらんだ部分であり、皮層表面から触れる腓腹筋及びその奥にあるヒラ

メ筋とから成る。

実は、私自身も整形外科医、あるいはスポーツ医の一人として患者さんやスポーツ選手、高齢者、はたまた職場や街中を歩く人のふくらはぎを見て、医学的判断をすることは日常化している。

その形と大きさ、歩く時の力強さ、はき物との関係などを瞬時にして診断（「一瞥診断」という）して、脚力、日常の運動習慣、転倒しやすさなど、様々な身体情報を得ることができるのがふくらはぎだ。

健康的な歩き方の最も重要なポイントは「後ろ足のつま先をしっかり蹴ること」だ。それができるのは、元気で美しいふくらはぎが基盤となる。

健康の　魅力がふくらむ　ふくらはぎ。

コラム　てんとうよぼう　せんりゅう

予期せぬアクシデント

―こけない体づくり工夫を

年が改まり、新年の抱負を年賀状、書初め、自室や職場の机、壁それぞれに書き込み「今年こそは！」と気持ちを引き締めるのも良いものだ。某紙、元旦の読者投書欄には、間もなく完全にリタイアを迎えるウサギ年生れの男性が「足腰を鍛えてコケないからだに」と切実な思いをつづっていた。

年末には、自動車F1シリーズの元王者ドイツのミヒャエル・シューマッハが、スキー中に転倒して、岩で頭を強く打ち、重体の報がもたらされたが、メルケル首相もスキー中に転倒して骨盤骨折をきたし、公務の一部中止をせざるを得ないことが、新年になって報じられた。スキーに転倒はつきものとはいえ、重篤なケガをきたすリスクのあるスポーツであることを改めて知らしめたようだ。

一方、正月恒例となった箱根駅伝では、花の2区の9.7キロの地点で、山梨学院大学のオムワンバ（2年生）が、右脚を引きずりながら路肩に転ぶかのように倒れ込んだ。前を行く他大の選手たちを次から次へと追い抜く快走ぶりの直後の予期せぬアクシデントだった。

診断の結果、下腿の外側にある腓骨《ひこつ》疲労骨折だったという。おそらく厳しいランニング訓練の連続が、脚の骨が折れる寸前くらいまでの過労状態をきたしていて、それが本番の当日の快走ゆえの大きな負荷により、ついには耐えきれずに、完全骨折をきたしたものだろう。

競走馬でも、レース中に疲労骨折状態から完全に骨折をきたして、転倒しかけるというアクシデントがあるが、それとまったく同様の状況だ。

一般市民やスポーツ選手も、政治家もコケないからだづくりへの工夫と注意が大切だ。

転倒予防 川柳 2012

大賞

コケるのは
ギャグだけにして
お父さん

兵庫県　奥田　明美

【評】

家庭や職場、地域、訪問先等で、皆を笑わせようと、サービス精神旺盛な「お父さん」が、オヤジギャグ、だじゃれ、ジョークを飛ばします。けれども、予想に反して、誰からも受けることなく「寒い！」とキョトンとした顔を向けられ、コケてしまうことがあります。

落語家の林家木久扇さんのように、人気のテレビ番組でコケることが数多くても、それが芸人のひとつのキャラクターになっている場合は、大抵は許してくれるのでしょう。

今度こそはと、ネタを一層練り上げて、チャレンジして放ったギャグも、またまたコケるとなれば、さすがの「お父さん」も意気消沈。それでも、からだの大ケガをきたす転倒事故の「コケる」ことに比べれば、他愛のないことです。

還暦（61歳）や古希（70歳）を迎えた「お父さん」、喜寿（77歳）や傘寿（80歳）、米寿（88歳）、卒寿（90歳）を家族に祝ってもらったお父さん。日本人男子の平均寿命（80・79歳）をはるかに超えても元気に暮らしているお父さん。

家の中や屋外で、つまずく、滑る、落ちる等の転倒・転落事故で「コケる」と、骨折や顔の大ケガをして入院し、時に手術を受け、リハビリテーションを経て退院となります。再び家に戻ったころには、すっかりからだが弱り、心も弱り、転倒前の生活能力・運動能力が大きく低下していることも少なくありません。

もちろん、転倒してケガをすれば、からだが痛み、心も痛み、肉体的負担と精神的負担が生まれると共に経済的負担が増し、家計も痛む結果を生むのです。さらには、転倒・骨折などを契機として「お父さん」が

寝たきり、要介護をきたすことさえあるのです。

そう考えると、ギャグと転倒を組み合わせた本句の意味の深さと「お父さん」への深い愛情を感じさせる家族川柳とも言えるでしょう。

佳作

ばあさんや　用心に手を　つなごうか

神奈川県　福島　敏朗

【評】

「偕老洞穴《かいろうどうけつ》」（詩経）と、古くより、仲の良い夫婦は、友に長生きし、死後もともに同じ墓に入ると考えるほど、愛情深く固く結ばれているとされています。

日本の多くの高齢者夫婦は、外出して一緒に歩く時に手と手をつなぐことはめったにないでしょう。「今

さらばあさんと手をつなぐことなど恥ずかしい！」と。安倍晋三首相夫妻が外遊の度に、空港のタラップを昇降する時に手をつないでいるのを見て、何か不思議な感覚を抱く高齢夫婦も少なくないのでは。

でも、高齢になればなるほど一人で階段を昇ったり降りたりする時、起伏の多い道路や公園などを歩く時、滑りやすい床面や通路を移動する時などに、つまずいたり、滑ったりして転ぶリスクは高くなります。そこで、お互いに転倒を防ぐために、手をつなぎ合うのは有効なのです。

万一、どちらかが転びかけた時に、固く手を握って支えてあげることもできます。

手と手をつなぐことで、心と心をもつなぐこともできます。これからの老後の日々を健やかで実りあるように願いつつ。

佳作

足からの　老化気付かぬ　口達者

東京都　信原　聡

【評】

年を重ねれば、誰しもが、からだの機能が衰えていく。目は見えにくくなり、耳は遠くなり、歯はもろくなり、一つひとつの日常生活の中のエピソードによって、「年をとった」と気づかされ、老化を認識させられるものです。

一方、若い時と変わらず、あるいは若い時以上に

元気に沢山おしゃべりをする口達者な高齢者も少なくありません。「しゃべり始めたら止まらない」などと、他人に言われても、まったく気にする風もなく、次から次へと話題を変えつつ、とどまることなく言葉の機関銃状態となる女性高齢者の例もあります。
しかし、そうした人でも、歩く、またぐ、昇って降りるなどの日常生活の移動動作の際に「歩くのが遅くなった」「障害物をまたげると思ったところでできなかった」「階段や段差でつまずいてしまった」などの体験により、改めて自身の老化に気づかされるのです。
昔から「老化は脚から」と言われるように、年と共に、脚に象徴されるからだの運動と感覚機能全体が低下します。半分は老化によるものですが、半分は運動不足によるものです。足の老化に気づいたら、普段から、こまめに歩くように努めましょう。

佳作

杖持とう　説得までに　骨が折れ

兵庫県　あまの　雀

【評】

「予防に勝る治療はない」と言われます。病気やケガをした時、早めに適切な診断と治療を行うことは当然

です。でも、もっと重要なのは、そうした病気やケガを起こさせないように、日頃から生活習慣を点検して予防を意識することです。

「予防に勝る治療はない」を言い換えると「転ばぬ先の杖」となります。

高齢者が転倒すると、手首の骨、肩の付け根の骨、背中の骨、太モモの付け根の骨を折ることが少なくありません。高齢者の４大骨折と呼ばれています。

そうした転倒・骨折を防ぐために杖の効果は大きいのですが「杖持とう」と声かけしてもなかなか説得に応じてくれない高齢者も結構居ます。説得して実際に杖を手にしてもらうまでに、実に「骨が折れる」こともしばしばなのです。

佳作

つまずきは　老化知らせる　SOS

大阪府　吉川　恭子

【評】

「え！ こんなところでつまずいた！」と、ふと振り返ると、何でもないと思った段差やスロープ、庭の中

の小さな石などということがあります。

つまずくのは、前方を目で見ていて、これならごく自然に前に進めると予測したにも関わらず、予測以上の障害物であったり、足をしっかり上げたつもりが十分に上がっていなかったために、結果つまずいてしまうような状態が多いのです。

眼の視力が老化で衰えれば、メガネをかけます。耳の聴力が衰えれば補聴器を付けます。からだを動かす移動機能も、足を上げた高さなどを感知する感覚機能も当然、年齢と共に衰えてきます。その衰えは、日頃はよく把握できないのですが、つまずくというエピソードが、それらの機能の老化を教えてくれるのです。いわばからだの衰えを告知するＳＯＳの警告サインととらえることができます。痛みが生じて、からだのどこかに異常があることを知るのと同じなのです。

☆準佳作

足裏で　大地と会話　するように

東京都　右田　俊郎

節電の　薄暗がりは　気をつけて

石川県　南　貞子

杖持たず　行けば帰りは　松葉杖

東京都　長峯　雄平

認めよう　10歳若い　我が頭

岐阜県　柴　園美

老人会　段差に注意が　合言葉

長崎県　江口　雅子

柔道を　かじった過去が　モノを言う

島根県　角森　玲子

☆**準佳作**

つま先は　上を向いてね　歩こうよ

神奈川県　吉田　文枝

大丈夫　言った先から　転倒し

岡山県　安部　憲司

イメージは　飛んだつもりで　溝に落ち

岩手県　沼倉　規子

杖無いと　七転八倒　四苦八苦

東京都　長峯　雄平

こけかけて　貴方にそっと　声かけて

大阪府　今岡　真和

意外にも　上がっていない　1センチ

岐阜県　篠崎　照夫

☆**準佳作**

転倒の　明暗握る　ミリ単位

岐阜県　篠崎　照夫

目離した　一瞬のうちに　転んでる

岐阜県　馬淵　千尋

転んでも　痛みこらえて　あたり見る

岩手県　沼倉　規子

床に水　拭き拭きしてね　こけちゃうよ

岐阜県　藤原　美鈴

支え有り　杖と手すりと　人の情(じょう)

埼玉県　中野　弘樹

転んでも　タダでは済まぬ　治るまで

埼玉県　長戸　康孝

☆準佳作

なんでやねん　おんなじ所で　転ぶんだ

奈良県　中村　宗一

口だけが　先に歩いて　足は後

群馬県　服部　千鶴子

目覚めたが　脳は寝ぼけて　足揺れる

富山県　岡野　満

転んでも　達磨はいいな　起き上がる

千葉県　小林　功

若づくり　あなたの足が　もつれてる

埼玉県　岡田　孝道

転びかけ　バリアが一つ　減る我が家

東京都　田崎　信

☆**準佳作**

鍬を手に　転倒防種を　蒔く六十路

神奈川県　佐々木　恭司

おでかけに　心はウサギ　足はカメ

兵庫県　玉木　順子

転倒し　音をあげる前に　足上げる

埼玉県　岡田　孝道

手をつなぎ　歩いて散歩　これも愛

群馬県　服部　千鶴子

年を取り　相撲取りのよな　すり足に

愛媛県　大本　和彰

憧れの　人の前だけ　杖隠し

東京都　熊沢　公久

☆準佳作

年重ね　愛と杖持つ　愛杖家（あいじょうか）

兵庫県　奥田　光男

転倒の　記憶をいつも　手繰り寄せ

兵庫県　松下　弘美

転ぶまい　足に集中　腕を打つ

福岡県　杉山　あきこ

かっこ良く　杖もお洒落の　ツールです

広島県　得能　義孝

ふらふらね　妻に言われて　動揺し

北海道　水本　淳

よろめきも　段差相手じゃ　絵にならず

岡山県　古城　英男

☆**準佳作**

日暮れには　スフィンクスも　杖持てと

東京都　林　義隣

転ばない　学びしその夜に　ベッドから

パラグアイ　鶴原　輝男

無くしたい　昔は格差　今段差

宮崎県　川平　陽子

「足あげて」 予防グッズは 妻の口

広島県 増田 健二

あわてずに 待ちます次の 青信号

兵庫県 奥田 雅信

靴下も 靴もギャグにも 滑り止め

北海道 水本 淳

☆**準佳作**

つまづいた　段差はまさかの　紙一枚

宮崎県　川平　陽子

もうないと　思った階段　あと一段

愛知県　林本　ひろみ

泥酔の　夫危ない（おっとあぶない！）頭打つ

広島県　増田　健二

2012【準佳作】

コラム
てんとうよぼう
せんりゅう

富士山型の活動

――裾野を広げて着実に

富士山が世界文化遺産に登録されて、国内外からの観光登山客が急増しているようだ。

その富士北麓に位置する富士吉田市での転倒予防に関するフォーラムの講演に招かれ、その地を訪れた。日本転倒予防学会の理事の一人である渡邉洋医師のお世話で、堀内茂市長らも参画、周辺自治体の協力も得ての立派な行事となった。

今や転倒死は、交通事故死を上回る重大な社会的課題になっていて、全国各地で、様々な分野・領域の専門家や関係者が手を携えて取り組まなければ、解決されないところまできている。

病院内の転倒事故、介護保健施設内での転倒事故、自宅や地域社会での転倒事故と三つの場面があるが、それぞれの場面で起こる一つひとつの転倒事故の状況と原因の分析を積み重ね、具体的な予防対策を講じていくことが必要だ。

このフォーラムの総括は、富士吉田にちなんで五つにまとめた。

フ：普段の暮しが自然な訓練（日頃の生活の中で、しっかりからだを

動かす）

ジ：人生の転倒予防（七転び八起きの精神で、心が転ばないように）

ヨ：よく水を飲む（脱水傾向で変調をきたさない）

シ：しっかり歩く、またぐ、昇って降りる（日常生活の移動動作を意識して行う）

ダ：「大丈夫ですか？」とは尋ねない（転んだ人の多くは「大丈夫！」と答えるので、最初から「どこかケガをしていませんか？」と尋ねる）

健康への取り組み、スポーツへの取り組みには、常に高みを求める「スカイツリー型」と、じっくり裾野を広げつつ着実に高さを積み上げていく「富士山型」がある。転倒予防は、富士山型の裾野を広げていくゆっくりした活動が大切だろう。

コラム　てんとうよぼう　せんりゅう

ロンドンの横断歩道
――青信号の時間短く困惑

子どもの頃、母親の実家での法事は、楽しみの一つだった。大勢の親類縁者が集まり、いとこ同士が久々に顔を合わせ、中庭や座敷でいろいろな遊びをした。遠く離れていても、身内の親しさから、違和感なく直ぐに仲良くなってしまうのも面白かった。

先日、すでに故人となったその母親と父親の合同の年忌に、親族が集まって、菩提寺での供養をし、その後皆での会食となった。かつての自分たちがそうであったように、いとこ同士が談笑したり、その子ども同士が鬼ごっこなどに興じているのを眺め、懐かしい場面を見ているような感覚を味わった。

そう言えば、享年90歳で亡くなった母は、親しい友人から「脚が遅くなったネ」と言われた頃から急激に衰え、次第に生命の炎が消えていったように思う。まさに「老化は脚から」だが、「脚」という言葉に象徴されるからだ全体の機能が着実に衰弱していったのだろう。

今夏の休暇には、久々にロンドンを訪れた。一日10キロ以上も歩きつつ、地下鉄もフルに活用して各所を巡ったが、横断歩道には困惑し

た。青信号を確認して、渡ろうとすると間もなく点滅して、すぐに赤信号に変わってしまうのだ。市内どの道路でも同じであり、余程気合いを入れて早足で渡らなければ、とても間に合わない。幼ない子どもや高齢者は大変な思いをしているのだろう。

我々が考案した脚の老化度の指標である「健脚度」では、歩く、またぐ、昇って降りるの三つの移動動作で測定・評価する。歩くは、高齢者が青信号の内に横断歩道を渡り切ることを前提としているが、ロンドンの横断歩道では、若い人も元気な高齢者もほとんどの人が渡り切れないだろう。

日頃の歩く速度の変化や横断歩道の歩きぶりを、お互いに見つめ直して、自身の年齢と健康度について考えてみるのも、面白いように思う。

転倒予防川柳 2011

大賞

口先の
元気に足が
追いつかず

埼玉県　掛川　一葉

【評】

幼稚園や小学校の子どもの運動会・体育祭に応援に来たパパ、ママが、急に親子リレーやパン食い競争、買物競争に駆り出されることがあります。若い頃にスポーツ選手として活躍していたパパ。走ることは得意だったママが「おまかせ!」と、元気に張り切って参加します。「ヨーイドン!」で走り始め、前半は韋駄天走りであったものが、後半にはあれよあれよと脚の動きが弱くなり、遂にはゴール直前で、あえなく転倒という例も少なくありません。

頭の中では「これだけ走れる」「これはできる」と予測しているのですが、からだが言うことを聞かないために、力尽きて転倒をきたすのです。いわば「頭は青春　からだは初老」というギャップを認識できなければ、転倒して大ケガを生ずることになります。

日常生活の歩く、またぐ、昇って降りるの移動動作についても、同じことが当てはまります。自宅から最寄りの駅まで「15分あれば到着する」と予測して歩き始めたけれど、実際にはそれ以上かかりそうであることがわかり、電車の時刻が気になり、最後は駅まで早足歩きとなり、つまずいて転倒をきたす例。道路の水たまりを十分にまたぐことができると予測して、大股歩きで前に進もうとしたところ、完全にはまたぐことができず、片足が水たまりに入ってしまった例。道路のちょっとした段差を見て、難なく昇って進めると予測したけれど、足先をしっかり上げたつもりがクリアできず、段差につまずいて前のめりに転び、顔や手を打ちつけてしまった例、などです。

日常生活における屋内・屋外での動作について、転ばずにやり遂げる自信の度合いを4段階で自己評価し

て、自身のその時その時のからだの能力を知り、個別的な転倒予防法に役立てるという方法もあります。*「転倒予防自己効力感尺度」という概念と評価法です。

自分自身が今、何を、どこまでできるのかを正確に評価できるのは、転倒予防のためにはとっても大切なのです。

*日常生活における屋内・外での10の動作について、転ばずにやり遂げる自信があるかどうかを4段階で評価し、回答するものです。その時の自分のからだの状況を知ると共に、この尺度を継続的に活用することで、転倒予防への意識を高めることができます。

佳作

敏捷の　記憶が足を　もつれさせ

愛知県　八木　航

【評】

古くより「昔取った杵柄《きねづか》」と言われるように、かつて鍛えた腕、脚、からだだから「これぐらいはできる」

「このくらいは走れる！」と自信がある。ところが、実際にやってみると、前半は何とか走ることができても、後半には頭と上半身は前に進もうとしても、下半身が追い付かず、足がもつれ、ついには転んでしまう光景が見られます。

子どもの運動会で、急に駆り出されたパパやママ、とりわけかつての「俊足ランナー」「スポーツマン」「名選手」などの記憶が色濃く脳に刻まれている人に限って、自分でできると思っていると、実際にできることとのギャップに気づかない例が多いのです。

佳作

意地を捨て　転ばぬ先の　杖を持つ

東京都　酒井　具視

【評】

かつて東京都内の総合病院の整形外科の勤務医を務めていた頃のエピソード。高齢の患者さん、とりわけ股関節や膝の変形性関節症で経過を観察している患者

2011【佳作】

さんに「そろそろ杖を突きましょう。昔から『転ばぬ先の杖』と言って、転んで大ケガをする前に、痛い脚と反対側に1本杖を突けば、無理なく安全に歩けますよ！」と語りかけると「先生、まだ私はそんな年じゃありませんから」と85歳の女性が答える（十分、杖を突く年齢ですが……）。「先生、杖を突いていたら、『あの人、脚が悪い』と見られるじゃないですか」と70代の男性（脚が悪いから、杖を突こうと伝えているんですが……）。

一般に杖に対して、否定的・ネガティブなイメージを抱いている高齢者が多く、中には「意地でも杖は突かない！」と豪語する人も居ます。でも、早めに正しく、自分のからだに合った杖をうまく使えば、バランス良くきれいに歩け、しかも転倒予防にも結びつくのです。

佳作

外出は　余裕を持って　杖持って

奈良県　脇本　啓子

【評】

一人ひとりの行動パターンというものは、子どもの頃からの行動体験の積み重ねによって形成されていくものです。「○時△分に□に集合」などと家族、友人、

仲間、同僚と約束すると、ほぼ毎回、定時前に集合して、余裕の顔で他の人を待つ人がある一方、必ずギリギリに到着する人、毎回遅刻してくる人とあります。「ギリギリ」な人と遅刻タイプの人は、外出準備段階から、時間の計算と作業手順が「余裕タイプ」と違っています。それまでは全く準備していないで、外出間際になって、初めて準備をし始め、身支度をし、あれこれ用意して慌てて家を出るものです。当然、ハンカチ、サイフ、時計、パスモ／スイカなどを身に付けることを忘れて、途中で家に引き返すこともあります。そして、しばしば、忘れ去られるのが杖なのです。

外出することが分かっている時には、服装、履き物、帽子などの他、携帯すべきものをあらかじめ点検して用意しておきましょう。当然杖も。今のあなたにとっては、大切な「歩く友」なのですから。

☆準佳作

運動と　食は転ばぬ　ストッパー

千葉県　小田中　準一

足腰の　筋肉鍛え　脳鍛え

兵庫県　小田　慶喜

ばあちゃんに　受け身おしえる　おじいちゃん

愛知県　猪口　和則

セクハラと　言わせないから　手を貸して

島根県　角森　玲子

見えるより　見えぬ段差に　足とられ

神奈川県　吉田　誠一

照れないで　パートナーとは　手を繋げ

愛知県　八木　航

☆準佳作

転んでも　達磨のごとく　起き上がる

東京都　小野　史

天道に　あたり転倒　しない骨

静岡県　柳谷　益弘

急ぐより　転ばぬ先の　マイペース

神奈川県　吉田　誠一

登るより　下る坂道　息が切れ
埼玉県　小林　靖夫

バリアフリー　トイレのスリッパ　履いて出る
東京都　赤羽　慶正

おトイレは　早目に行こう　あわてずに
愛知県　饗庭　郁子

☆**準佳作**

転んでも　折れない骨（コツ）は　元気です

群馬県　三村　聡男

入院日　転倒しやすく　要注意

愛知県　饗庭　郁子

我れ蛙　柳の高さ　遠くなり

埼玉県　小林　靖夫

スリッパは　履きやすいけど　すぐ脱げる

愛知県　饗庭　郁子

転んでも　起きればいいや　人生も

東京都　南　整

何時までも　若くはないと　膝で知る

埼玉県　掛川　二葉

☆**準佳作**

つまさきを　上げたつもりが　寸たらず

埼玉県　小林　靖夫

階段は　命を落とす　魔の傾斜

埼玉県　坂上　五朗

骨折も　元気であれば　戻れます

群馬県　三村　聡男

我れ帰る　敷居の高さ　高くなり

埼玉県　小林　靖夫

ゆっくりで　いいのに脳が　焦らせる

愛知県　八木　絵里

あわてずに　姿勢を正して　足あげて

埼玉県　坂上　五朗

コラム

てんとうよぼう

せんりゅう

輝くシルバーの時代を

―笑いや知恵をエネルギーに

今年の9月の秋の大型連休は、5日間連続してゆったりとした日々を過ごした人々も多かっただろう。次にこうした機会が訪れるのは2026年というから、貴重な連休だった。

春のゴールデンウィークに対して、この秋の大型連休を「シルバーウィーク」と呼ぶことが徐々に定着してきたようだ。連休中に、敬老の日（9月第3月曜日）が含まれるため、この時期には高齢者関連の話題が、新聞、テレビ、ラジオ、インターネット等で伝えられることもあり「シルバー世代」を大切にする週と勘違いしている人が居たとのエピソードは面白い。確かに「シルバー」と言えば、「シルバー・シート」をはじめ「シルバー人材センター」、「シルバー・ホン」、「シルバー・ハラスメント」など、高齢者を対象とした者や施設、対応を表現する事例が多い。

今年の敬老の日を前に総務省が発表した人口推計によると、我が国の65歳以上の高齢者は、3384万人、総人口に占める割合は26・7%となり、過去最高を更新した。平均年齢は、男性80・5歳、女性は

86・8歳となり、人生80年時代、まさに「シルバーの時代」を迎えたと言えるだろう。

五・七・五の無季の短詞、川柳が今盛んだ。わずか十七文字で歯切れよく、ちょっと皮肉やユーモアを込めた本音が表現されていて誠に面白い。特に名高い「シルバー川柳」には、心に響く名作が多い。

私が理事長を務める日本転倒予防学会でも「転倒予防川柳」を公募して、毎年10（テン）月10（トウ）日の「転倒予防の日」に大賞・佳作を公表している。今年の転倒予防大賞に輝いたのは、「滑り止め　付けておきたい　足と口」だ。これまでに「つまづいた　昔は恋で今段差」、「上がらない　年金小遣い　つま先が」、「転ぶのは　ギャグだけにして　お父さん」、「口先の　元気に足が　追いつかず」などの傑作が生まれている。

老い、そしていつか訪れる死への不安におびえることなく、これらの川柳に込められた笑いや知恵をエネルギーにしつつ、いつまでも明るく元気に笑顔で過ごすことのできる、輝く「シルバーの時代」を、社会全体で形成したいものだ。

コラム

てんとうよぼう
せんりゅう

北陸のかがやき
―転倒予防へ早期発見を

北陸新幹線が開業した翌日、長野県東御《とうみ》市での会議に出席するために、その車両に乗車した。長野新幹線時代から数多く佐久平駅まで移動していたが、それまでは、おおむね席に余裕のある状態だった。ところが今回は、ほぼ満席に近く、金沢や富山へ旅行すると思われるウキウキと楽しそうな熟女チームに囲まれての、にぎやかな出張となった。

新聞、テレビ、ラジオ、雑誌等でも、北陸特集が数多く組まれ、鉄道の威力を改めて認識した。

さらに加えて、石川県能美市で開催された全日本競歩大会で、地元出身の鈴木雄介（27歳・富士通）が1時間16分36秒の世界新記録で優勝し、8月の世界選手権北京大会の代表に内定した。

北陸新幹線の開業に沸く石川県の人々の喜びのエネルギーが、鈴木選手の脚力に付加したのかもしれない。

1. 競歩は、その名の通り、歩く速さを競うものだが常にどちらかの足が地面に接していること

2. 前脚は接地の瞬間から地面と垂直になるまで膝を伸ばすことという定義があり、それらに違反すると反則をとられるルールだ。「ヒョコヒョコ」と奇妙な歩き方に見えるのは、この2つの決まりに従った歩き方だからで、「走った方が楽だ」と経験者が語るほど、厳しい競技種目だ。

ところで、転倒予防の観点からは、お年寄りの歩き方をよく視察することが大切だ。パーキンソン病特有の歩き方をはじめ、それぞれの病気に特有の歩き方があり、それを早く見出して、適切な治療に結びつけることが必要になる。とりわけ、これまであまり知られていなかった特発性正常圧水頭症という病気では、開脚気味、小刻み、すり足歩行となり、早めに手術をすれば、歩き方も治り、認知症症状や尿失禁も改善する。いわば、「手術で再発防止できる転倒」であることを、社会に啓発していかなければと思う。

北陸から「かがやき」とエネルギーが、競歩をはじめとするスポーツ、そして医療にも広がることを期待したい。

付録『転倒予防いろはかるた』

転倒予防医学研究会　企画・監修

い　命の水を大切に

ろ　廊下にも　足下(あしもと)照らす　電気点(つ)け

は　はき物は　足の形とサイズに合わせ

に　日光はビタミンDの製造器　骨は丈夫に　筋肉しっかり

ほ　ほらあるよ　そこに段差が　気をつけて

へ　部屋の中　すっきり片付け　つまずき予防

と　とんとんと　降りる階段　油断せず

ち　近くても　つっかけはかず　靴はいて

り　両手にハナより　片手に杖を

ぬ　濡れ落ち葉　妻の散歩に　おつきあい

る　留守居役（るすいやく）　電話がなっても　あわてずに

を　「をや」という　名選手でさえ　老化で転倒

「いわんや」私は　用心用心

わ　和式の生活見直そう　気付かぬうちに　バランス訓練

か　片足立ちを意識する

よ　夜トイレ　ゆっくりあせらず　落ち着いて

た　畳でも　すべる　つまずく　危険がひそむ

れ　レンコンの　ようにならない　骨づくり

そ　掃除機も　からだづくりの健康法　ゴミ出し　おつかい　フトン上げ

つ　つかってないと　さびてくる　さびたらなかなか　うごかない

ね　ねんねんころり（NNK）にならないために
転倒防いで　ピンピンコロリ（PPK）

な　何もない　バリアフリーの落とし穴　使わぬ足腰　衰え転倒

ら　楽をして　からだの弱り　進めまい

む　無理なく　楽しく　30年

う　ウォーキング　手をあげ　顔あげ　脚あげて

ゐ　ゐい(いい)骨を　つくるためには　ビタミンK

の　脳トレに　足腰使って　一石二鳥

お　お風呂場は　すべるところの代名詞　注意ひとつで　良い加減

く　クスリには　効果もあればリスクあり　数が増えれば　要注意

や　やわらかな　筋肉・関節づくりに　ストレッチ

ま　マンホール　フタがぬれるとすべるもと　雨の日には　ゆっくりと

け　健脚度®　転ばぬ先の　自己チェック　歩く　またぐ　昇って降りる

ふ　ふとんでも　つまずく人って　多いのよ

こ　転んでも　起きればいいや

え　エコなれど　階段灯は番外さ

て　転倒は　からだの衰えのサインなり

あ　足の先　大事にしよう　爪も見て

さ　歳々年々　人同じからず

き　きれいな人　見とれてないで　前見てね

ゆ　ゆるゆるスリッパ　危険度アップ

め　めくれている　敷物あぶない　転ぶもと

み　見た目より　段差は高いぞ　足上げよう

し　四季感じ　歩く楽しみ　目に耳に

ゑ　笑顔こそ　転ばぬ先の　杖なりき

ひ　膝と腰　しっかり伸ばせば　転ばぬ姿勢

も　もう遅い　いやこれからだ　転ばぬ体操

せ　席探す前に　まずつかまろう　バスの中

す　すぐ拭こう　床の水ぬれ　大きなリスク

ん　ん、ん、と　足指(あしゆび)踏ん張り　大地を歩く

武藤芳照（むとう・よしてる）

1950年、愛知県大府市生まれ。

1975年、名古屋大学医学部卒業。東京厚生年金病院整形外科医長、東京大学教育学部長、同大学理事・副学長等を歴任。ロサンゼルス、ソウル、バルセロナ五輪、水泳日本代表チームドクター、国際水泳連盟医事委員なども務めた。

現在は、学校法人日本体育大学・日体大総合研究所所長、東京大学名誉教授、日本転倒予防学会理事長。

著書に、『武藤教授の転ばぬ教室—寝たきりにならないために』（暮しの手帖社）、『これだけは知っておきたい「転倒予防の心がけ」』（LLPブックエンド）、『転倒予防・転ばぬ先の杖と知恵』（岩波新書）、『「転ばぬ体操」で100歳まで動ける！』（主婦の友社）、『いくつになっても転ばない5つの習慣』（青春出版社）他多数。

転倒予防川柳2011―15
五七五 転ばぬ先の知恵ことば

2016年10月1日　初版第1刷印刷
2016年10月5日　初版第1刷発行

選評　武藤芳照
監修　日本転倒予防学会
発行者　森下紀夫
発行所　論創社
〒101-0051　東京都千代田区神田神保町2—23　北井ビル
Tel 03-3264-5254　Fax 03-3264-5232
web. http://www.ronso.co.jp/
振替口座　00160-1-155266

編集　LLPブックエンド（中村文孝・北村正之）
イラスト　久保谷智子
図書設計　吉原順一
印刷・製本　中央精版印刷
ISBN 978-4-8460-1570-1 C0092